Nene, Nena y Guau

¡Arriba el telón!

EDICIONES GAVIOTA

¡Vamos a hacer una *función de teatro*!

¿Qué **obra** os gustaría hacer?

Una de princesas. ¡Yo seré la **protagonista**!

Mejor, una de vaqueros.
¡Yo seré el bueno!

Vamos, niños, dejad de discutir...

Vamos a interpretar Caperucita Roja.

Estamos preparando los **vestidos** para la función.

También hacemos las
máscaras y los adornos.

Y pintamos los **decorados**.

La "seño" nos reparte los **papeles**.

Estamos **ensayando**.
¡Está saliendo precioso!

¡Arriba el telón!

Caperucita, lleva esta cesta de comida
a la abuelita, que está enferma...

¿Dónde vas, Caperucita?

¡Caperucita, no te fíes del lobo...!

El **baile** de las flores quedó precioso.

¡Qué susto se llevó la abuelita al ver al lobo!

Abuelita, ¡qué ojos tan grandes tienes!

¡Alto, lobo! ¡Vas a pagar
caras todas tus maldades!

Después viene el baile final.

La función ha sido un *éxito*.
¡Cómo nos *aplaudían*!

¿Sabes, Guau?... de mayor quiero ser **actor**.